ÉTOURNEAUX

Une adaptation française de *Psychopompos* par

H.P. LOVECRAFT

Traduit et adapté par

BENOÎT VÉZINAUD

ÉDITION BILINGUE
ISBN-10: 1-953215-45-9
ISBN-13: 978-1-953215-45-1
Traduction © 2022 par Benoît Vézinaud
Couverture © 2021 par Eleanore Stasheff
Publié par Pickman's Press
Edgewood, Nouveau-Mexique, États-Unis
Visitez-nous à http://pickmanspress.com

TABLE DES MATIÈRES

UNE BRÈVE INTRODUCTION

Avant que H.P. Lovecraft commence à écrire les nouvelles qui allaient influencer à jamais la fiction d'horreur, il était un poète prolifique. Si la plupart de ses poèmes sont des pastiches oubliables du XVIIIe siècle, ses poèmes d'horreur et ses vers étranges impressionnent toujours les lecteurs et inspirent les écrivains d'aujourd'hui. *Psychopompos* est l'un de ses poèmes les plus longs et les plus célèbres, juste derrière *Fungi from Yuggoth* (en raison de son lien avec le mythe de Cthulhu). Cependant, alors que *Fungi from Yuggoth* est plus une collection de vers autour d'un thème central, *Psychopompos* est un poème épique d'horreur surnaturelle d'un seul tenant.

Lovecraft a commencé à l'écrire à la fin de 1917 mais ne l'a pas terminé avant l'été 1918. Raconté dans la tradition gothique du XVIIIe siècle, il raconte l'histoire d'une paire d'aristocrates sinistres qui s'en prennent subtilement aux villageois dans la France pré-révolutionnaire. Bien qu'il ait été publié pour la première fois dans l'obscure et éphémère magazine *The Vagrant* en 1919, il n'est devenu célèbre que lorsqu'il a été publié à nouveau dans le célèbre magazine de pulp *Weird Tales* en septembre 1937, quelques mois seulement après la mort de Lovecraft d'un cancer de l'estomac. Depuis lors, il a été réimprimé des dizaines de fois dans différents recueils de fiction et de poésie, traduit en plusieurs langues étrangères et a même fait l'objet d'un court métrage.

La question la plus fréquente concernant ce poème porte sur son titre : Que signifie "psychopompos" ? Il s'agit à l'origine d'un mot grec qui se traduit approximativement en anglais par "soul guide". Dans la mythologie grecque ancienne, les psychopompes étaient des entités qui guidaient les âmes des personnes récemment décédées de la Terre vers l'au-delà. On a beaucoup spéculé sur la raison pour laquelle Lovecraft a choisi ce titre, et il n'y a pas de réponse évidente. Peut-être a-t-il mal compris que les psychopompes étaient des signes avant-coureurs de la mort (comme les deux premiers quatrains du poème semblent l'indiquer) plutôt que des guides spirituels vers les enfers. Si c'est le cas, alors les méchants de l'histoire pourraient être considérés comme des psychopompes.

Écrit alors que Lovecraft passait de la poésie aux nouvelles, de nombreux éléments de ce qui allait devenir la signature de Lovecraft apparaissent déjà clairement dans *Psychopompos*. Il emploie une imagerie gothique, utilise le ton et l'atmosphère pour faire monter lentement la tension et l'effroi, et inclut une forte dose d'ambiguïté. Bien que les éléments de base de l'intrigue soient clairs et que le conflit central soit résolu de manière satisfaisante, de nombreuses questions restent sans réponse.

La principale d'entre elles est la nature surnaturelle exacte des antagonistes du conte. Si le sieur et la dame de Blois sont généralement considérés comme des loups-garous, une lecture plus attentive du poème jette un doute sur cette interprétation. Comme Dame De Blois peut se transformer en serpent, il serait peut-être plus exact de dire qu'ils sont des métamorphes. Par ailleurs, ils semblent être capables de vider leurs victimes de leur vie et de leur vitalité, dépérissant jusqu'à leur mort - à cet égard, ils semblent plus proches des vampires. Enfin, il est parfois suggéré que le couple est en fait un sorcier pratiquant la magie noire. Mais qu'est-ce qu'ils *sont* exactement ? Fidèle à lui-même, Lovecraft ne le dit jamais clairement, se contentant de disperser des indices et laissant au lecteur le soin de les reconstituer.

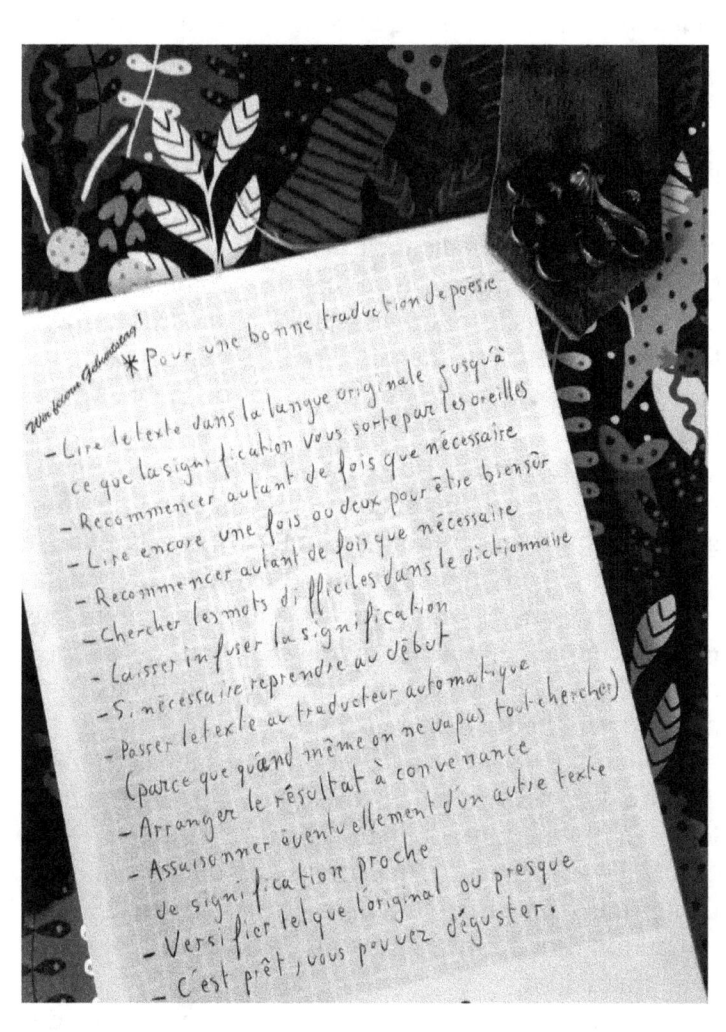

Pour une bonne traduction de poésie

Non biron Gebindseurs!

- Lire le texte dans la langue originale jusqu'à ce que la signification vous sorte par les oreilles
- Recommencer autant de fois que nécessaire
- Lire encore une fois ou deux pour être bien sûr
- Recommencer autant de fois que nécessaire
- Chercher les mots difficiles dans le dictionnaire
- Laisser infuser la signification
- Si nécessaire reprendre au début
- Passer le texte au traducteur automatique (parce que quand même on ne va pas tout chercher)
- Arranger le résultat à convenance
- Assaisonner éventuellement d'un autre texte de signification proche
- Versifier tel que l'original ou presque
- C'est prêt, vous pouvez déguster.

ADAPTER OU TRADUIRE ?

Sans vouloir ouvrir un quelconque débat, je ne veux que parler de mon expérience. Pourquoi et comment en suis-je venu à adapter.

Le pourquoi est diffus, il s'agit d'une orientation dans laquelle je vais et il me semble que j'aime des textes de manière générale qui vont dans cette direction et des histoires de manière particulière qui me permettent sinon de comprendre, au moins de m'amuser (ce qui me semble être le premier (seul?) propos de l'art en tant que créateur ou amateur).

Le comment s'est construit au fil de la découverte des textes.

Amateur de H.P. Lovecraft et de Stephen King je me retrouve dans leurs textes et dans la littérature gothique ou d'inspiration gothique c'est pourquoi je pense que je peux me permettre d'en faire des adaptations bien que je sache que cela ne contentera pas tout le monde. Je suis bien conscient qu'adapter demande une vision personnelle en plus que d'apprécier simplement l'histoire.

Pourquoi parler d'adaptation . Et bien le défi de traduire de la poésie peut être relevé de plusieurs façons : le mot à mot ou une adaptation.

Cela dit, aucune ne me contente réellement. Donc, dans un premier temps, je me contente d'une traduction mot à mot et dans un deuxième de versifier cette traduction.

Si pour *Fungi from Yuggoth*, j'ai pu réaliser des sonnets en alexandrins à partir des décasyllabes originaux, pour *Psychopompos* le rythme et l'expression s'intensifiant au fil du poème ne me le permettaient pas, je pense. J'ai donc préféré opter pour des vers libres me laissant plus de marge de manœuvre.

Dans un premier temps je me contente de lire de nombreuses fois le texte pour en apprécier les subtilités dans la langue d'origine, je me constitue ainsi une sorte de traduction en esprit que je complète au fil des lectures et relectures.

Ensuite, je vais rechercher par rapport au diction-naire (papier ou électronique) certains mots sur lesquels je bute pour compléter l'image globale que j'ai du texte.

Ensuite encore je réalise une traduction à l'aide du traducteur automatique bien sûr je pourrais m'en passer par rapport au fait d'avoir à tourner les pages pour traduire plus de 5000 mots l'avantage est certain donc j'en profite.

Puis je complète cette traduction automatique qui n'est pas sans écueils en affinant le langage et en enlevant les incohérences et les absurdités et en simplifiant au possible.

Il ne me reste plus qu'à versifier ce qui se dit le plus simplement mais représente la plus grosse partie du travail qui ne peut se faire que lentement et en es-sayant de respecter le plus possible le schéma original comme je l'ai fait pour *Fungi from Yuggoth* ou en vers libres pour privilégier la musique du texte comme je l'ai fait pour *Psychopompos*.

Enfin le rythme étant différent entre les langues, il a fallu réinventer toute la musique du texte et donc j'ai cru important d'ajouter quelques phrases au personnage de la vieille mère Allard : une sorte de mystique un peu bidon qui renforce, je pense, la crédibilité que l'on peut accorder à cette vieille sorcière.

Pourquoi enfin ce parti pris de l'adaptation c'est que je pense à la quasi impossibilité de conserver et la forme et le fond en passant d'une langue à l'autre donc quitte à changer un peu autant aller dans le sens du texte et essayer de conserver la vision originale plutôt que d'être strictement identique ce qui est possible je pense mais demanderai un travail démesuré au vu de l'effet obtenu.

ÉTOURNEAUX

J'arrivai dans l'auberge.
Les poutres un peu noircies.
Les unes, les uns, les autres,
Tous à table...

Le premier au fond,
Qui chante...

Laissez chantonner les brocs,
Compagnons amenez vos bocs.

Buvons donc tant que l'on peut,
Buvons pour le meilleur le pire.

Que les boeufs garnissent nos bols,
Bonne viande est bonne obole.

Boire manger nos seuls plaisirs,
Remplis nos verres à ras bord.

Ou sous terre j'aurais remord,
Ni verre, ni pour toi, ni pour elle, ni pour toi, ni pour moi.

Plus de suc rouge pour les rois,
Qu'importe tant qu'on est joyeux.

Qu'importe tant qu'on est heureux,
Maudit rouge vaut mieux que mort,
Maudit rouge vaut mieux que mort.

Ou livide, blanc et sans vie,
Allons Beya, embrasse-moi.

En enfer pas deux comme toi.
Vois Harry droit comme un i.

Perdre perruque et sanité,
Emplissez verre, fais tourner.

Mieux vaut attablé qu'enfoui,
Mieux vaut attablé qu'enfoui,
Riez, chantez, dansez bien.

Sous terre il n'en sera rien,
Satan m'exhorte, me harcèle.

Suis damné et je chancelle,
Holà Beya, donne moi chaise.

Que j'y sois bien à mon aise,
Je m'en retourne chez ma femme.

Aide-moi donc je suis infâme.

Mieux vaut sur terre qu'enfoui.
Mieux vaut sur terre qu'enfoui.

À la tienne mon vieux,
À la tienne mon dieu.

Sans ces garces de femmes,
Nous serions tous frères.

Voilà le chanteur qui met son chapeau,
Il va payer, il s'en va,
Une vieille me prend à parti.

Non, tout ça, c'est une histoire,
Que le sieur Blois et sa dame,
Ne fréquentaient pas...

La nature, fait des espèces,
Elles se côtoient,
Mais ne se fréquentent pas,
Pour ainsi dire.

Je vais tout vous raconter,
Au début il disait :

Je suis celui qui hurle la nuit,
J'ai gémi aussi dans la neige.

La neige appelle la lumière,

Je n'ai jamais vu la lumière,
Je suis celui qui monte d'en bas.

Mon char est le char de la mort,
Mes ailes sont les ailes de l'effroi,
Mon souffle est la tempête du Nord,
Froides, mortes et blafardes sont mes proies.

La vieille dit, avez-vous vu les étourneaux
Avez-vous vu les corneilles s'aventurant trop près ?

Dans l'Auvergne peu instruite d'autrefois,
Quand pays gobaient les légendes,
Évitant le trône de leur roy,
Préférant des châteaux isolés, la provende.

Ainsi demeurait un grand monsieu',
En sont haut château silencieux,
Bordé d'un solitaire vieux bois,
De haute lignée, se nommait Blois.

D'un très grand passé fier rapporteur,
Mais on chuchotait aussi à sa vue,
Qu'il avait les traits d'une telle horreur :
Obscur, maigre, le cheveux crépu.

La vieille dit, je sais, je jacasse beaucoup.
Mais, la jacasserie est l'âme de ce monde.
Ceux dont on parle sont les héros,
Ceux dont on parle devant eux sont des légendes,
Le grand solitaire était donc une légende de l'horreur.

De belles dents qu'il montrait souvent,
Le regard fuyant et perçant,
Son accent brisant le francé,
Peu vu, peu connu, peu aimé.

Il ne quittait que peu son foyer.
Ses serviteurs rares, furtifs, vieux.
Auraient pu tant en raconter
Des lieux qu'avait connu leurs aïeux.

La vieille dit que les gens jasent plus que les oiseaux,
Même le froid ne les fait pas taire .
Ils ne s'arrêtent même pas pour bouffer.

Les rumeurs s'entendirent encore.
Puisqu'il n'y avait rien à dire,
Tout pouvait être imaginé et pire...
Les reclus prêtent bien à pérore.

La rumeur allant s'étendant,
Le mystère donnant du piquant.
On dit du Seigneur, qu'il fût vu,
Seul à minuit, au bord du ru.

La vieille s'arrête et dit :
Si certains oiseaux perdent leurs plumes,
Elles ne repousseront pas.
Ce sont affaires de serpent.

Sous un horrible aspect, l'œil blanc,
Le regard étrange, tout luisant.
Nombre de rustauds se signèrent,
Quand, entre eux, ils en discutèrent.

Pourtant nul accord ne fut su.
Et on dit qu'encore, ils en tremblent et suent.

De Blois, paraît-il, craignait prier .
Abhorrait transepts, croisées.
Quoi qu'il en soit, on savait qu'il pouvait avoir le diable
        au froque
Et qu'il n'aimait ni prêtre ni toque.

Mais si le maître était douteux, ou dit de peu d'ambage.
Sa noble dame fut deux fois crainte,
Sombre comme lui, aux traits fiers et sauvages.
Dotée d'une étrange grâce irréelle non feinte.

L'altière maîtresse reniait les pays
Formant le cortège du bailli
Qui cherchaient à connaître sa source,
Mais dont recherche était en fin de course.

Les vieilles disaient ses yeux trop brillants
Et les enfants nerveux tremblaient à son rire.
Richard Le Nain (dont parole vaut un sourire)
A juré qu'elle était comme un serpent.
Tandis que le vieux Pierre (les personnes âgées se
        trompant),
Lui, expliquait tous les mystères de son mari charmant.

La vieille dit que les oiseaux se disent d'étranges secrets.
La vieille dit que si les oiseaux arrêtaient de parler des
    mystères du monde,
Ceci pourrait cesser...

Plus absurdes étaient ces semi paroles murmurées
Que la calomnie nous apporte.
Ces subtiles calomnies à nos portes,
Dites le visage baissé, la voix étouffée.

Ces histoires volages,
Des histoires que l'on dit de vieille femme sans âge.
De sixième ou septième main !
C'est ainsi que la légende du village laisse entendre le
    refrain :

Que dame de Blois a un mauvais œil;
Ou allant plus loin, suggérant,
Une étincelle de sorcellerie sur ses dents,
Où la lumière se recueille.

La vieille mère Allard, du pont du jour,
Moi-même à moitié sorcière,
A dit un jour,
Que les regards de la dame, agissaient sur les morts et
    les têtes fières.

Ainsi vivait le couple,
Comme beaucoup d'autres couples,
Qui fuient la foule,
Et se dérobent à la vue du public et de ses possibles
    houles.

Ils méprisaient les doutes des paysans,
Et ne demandaient qu'une chose :
Qu'on les laisse tranquille ! En paix simplement.

La vieille dit que les étourneaux chantent à mort
Pour l'envol des âmes et que certainement,
Certains humains sont pareils...

C'était la Chandeleur, cette soirée,
La période la plus morne de l'année,
Les longues veilles, le temps pourri,
L'automne passé depuis longtemps,
Et le printemps trop loin pour être réjoui.

Quand le petit Jean, fils héritier du bailli
Tomba malade et désespéra les médecins recueillis
Un enfant si robuste et si fort, et douter
Oh oui, si peu de gens auraient pu penser...

Qu'une heure aurait pu le conduire à la mort
Il était pâle, bien que sans cause au-dehors,
Et Gallien cherchait en vain dans la posture
Ou à travers les lois de la nature.

Mais la tristesse frappante ne pouvait pas tout à fait
    supprimer
La pensée vagabonde, ou la supposition ridée de
    grand-mère

Bien qu'elle ait parlé à la dérobée, la vieille de l'année
Plus de six personnes savaient déjà, la ritournelle
    nouvelle née.
Que dame de Blois était la veille de passage,
Et disaient-ils avec des regards étranges et sauvages.

Elle s'était arrêtée à la porte pour voir l'enfant qui
    jacassait
Et ils n'ont pas aimé le sourire qui semblait tracer des
    lacets,
De nouvelles lignes de malveillance et d'ombre,
Sur son visage fier et sombre.

Ils chuchotaient des choses, quand le cri de la mère
Annonçait la fin de la douce âme, quittant ce monde
    amer.

Dans un véritable chagrin,
Le gentil observateur pleurait, incertaine, incertain.

Alors que l'enfant aimé dormait
Avec les saints et les anges.

La vieille dit encore, qu'une fois l'âme qu'ils veillent,
    en allée,
Les étourneaux s'envolent, volées par volées.

Le prêtre du village accompli ses rites non expansifs
Et le bon Michel Cloua la boîte d'if;
Autour du cadavre les cierges sacrés brunissaient,
Les pleureuses soupiraient, les parents se languissaient.

Puis, un par un, chacun chercha son humble lit
Et laissa la mère solitaire avec son mort. Assagis.
Il était tard dans la nuit, quand hystérique,
Le roi des tempêtes balaya la vallée de son souffle
    pandémique.

La neige cruelle s'amoncelait, mais c'est étrange à dire,
Les éclairs crépitaient tandis que les flocons blancs
    tombaient.
Une présence hideuse semblait sur le point de venir,
Et la terreur résonnait dans le tonnerre qui grondait.

Dans la maison du chagrin, les bougies brillaient telles
    de petits joyaux,
Tandis que la pauvre mère se courbait sous son fardeau,
Ses yeux salés sont trop fatigués pour pleurer.
Trop douloureux pour l'éveil,
Trop tristes pour se fermer dans le sommeil.

L'horloge sonnait trois coups, au-dessus de la tempête
    aigrie.
Quand quelque chose s'est agité près de l'enfant sans vie;
Quelque chose de glissant qui se balançait maladroit
Et grimpa sur la table où reposai le cercueil et le corps
    froid.

Avec ses circonvolutions écailleuse, elle s'efforçait de
    trouver
L'argile froide et immobile que la mort avait laissé plus
    tôt.
La mère somnolente entends - et se réveille en sursaut
Capable de raisonner, mais trop stupéfaite pour trembler;

La vieille dit qu'il y a toujours des nuages d'oiseaux,
Au-dessus des bêtes qui meurent dans la forêt.

Elle voit la chose poisseuse, et déjoue avec agilité,
Le dessein macabre de ses anneaux tortueux.
Avec une hache bien aiguisée, elle fend la tête du
     serpent noueux.
Elle frissonne d'un triomphe sauvage tandis qu'elle
     soufre hébétée.

Le reptile blessé, sifflant glisse hors de vue.
Et cache sa carcasse fendue dans la nuit qui l'avale.

La vieille dit que certains oiseaux sont très fidèles,
Et qu'ils croient mourir, si leur compagne disparaît.

Les semaines ont passé, et la langue des commères a
    appelé
Le sieur de Blois un homme altéré;
D'un air curieux, il arpentait souvent
La rue du village et regardait les visages béants...

Mais tandis qu'il se montrait comme jamais auparavant,
Sa dame aux yeux sauvages, n'était plus observé
    matoise.
Au fil du temps, il n'a pas été jugé bizarre ou malséant,
Qu'il remplit ses oreilles de rumeurs villageoises.

Il n'avait pas l'air non plus en proie à des envies parti-
    culières
Quand il chercha le bailli et sa femme en leur chaumière.
Et leur histoire de chagrin avec sa fin affreuse et son
    tour serpentueux
A été racontée, en effet par tous les amis les plus
    merveilleux.

Le sieur entendit tout, et s'en alla à grand bruit,
Et on ne le revit plus pendant plusieurs jours et nuits.

Quand le soleil printanier répandait sa lueur encoura-
    geante,
Et que les zéphyrs géniaux chassaient la neige entêtante.
Une horreur était révélée aux cygnes effrayés,
Dans l'herbe en fusion d'un champ humidifié.

Là, à moitié préservée par le lit glacial de l'hiver,
Gisait la sombre dame de Blois morte, irrécupérable.
Par le coup d'un assassin tuée de manière abominable,
Son front bien dessiné et ses tempes fendues aux deux
    tiers.

Des mains rétives portèrent le triste fardeau. Aux arches
     de pierre de la porte du mari.
Où des serfs silencieux reçurent l'horrible cadeau,
Tremblants d'effroi, mais moins étonnés que marris.

Le sieur, que sa femme regardait avec des yeux
     flamboyants,
Tremblait de colère plus que de surprise de cette non
     gloire.
(Du moins c'est ainsi que les paysans stupides allaient
     racontant
À leurs femme à la bouche béante quand ils ont déroulé
     l'histoire.)

Le village se demande pourquoi de Blois n'avait pas
     laissé entendre,
La perte de son épouse sans en parler et sans la pleurer.
Il ne manquait pas de langues calomnieuses pour
     prétendre,
Que le sombre maître était lui-même à blâmer.

Mais le village ne pouvait espérer résoudre par des
     palabres
Un crime si profond, et ainsi les mois chantent.
Le train rural répète l'histoire macabre,
Et s'étonne et s'émerveille plus qu'il se lamente.

La vieille dit enfin que tous les oiseaux,
Cèdent un jour ou l'autre à leur destin.

Le soleil s'est envolé rapidement, et l'hiver est revenu.
Avec ses serres glacées; il s'est emparé de la plaine
glaciale.
Décembre apporta son lot de joie de Noël, de bonheur nu
Et les paysans reconnaissants, saluent l'année qui
s'installe.

Mais près du foyer, à l'approche de la Chandeleur.
Les anciens murmuraient en parlant peu mais assez.
Ils n'avaient pas oublié la sombre histoire démoniaque,
Des choses arrivées à la Chandeleur passée.

Et plus d'une vieille femme regardait attentivement la
maison en long
Où vivaient le bailli attristé et son épouse aigrie.
En fin, le jour arriva et le ciel se couvrit
De sombres messagers et de nuages de plomb.

Dans chaque bosquet voisin, des avertissements éoliens
soupirent.
Et des terreurs épaisses semblaient se cacher ou pire
Les bonnes gens, bien qu'ils ne sachent pas pourquoi
couraient.
Devant la porte de l'huissier pour fuir la scène s'en
allaient.

Dans la maison, le couple en deuil pleurait sans secours,
Devant l'enfant qui dormait maintenant pour toujours.
Le crépuscule se précipitait sous une forme doublement
hideuse,
Porté par les pignons de la furieuse tempête râleuse.

Des murmures inhabituels remplissaient le vent sans
pluie,
Le fleuve en crue fouettait les rives troublées et suin-
tantes.

Noir dans la nuit le terrible dieu de la tempête rodait
    comme aigri,
Et gelai le sang des liseurs de cris qui encore les hantent.

Des arbres gigantesques comme des joncs souples se
    balançaient.
Tandis que pour sa maison, le bailli tremblant priait.
Dans la tempête, une accalmie soudaine s'immisce
Avec moins de force, les courants circulaires gémissent.

Au fond du ruisseau qui baigne la prairie voisine,
Éclatait une nouvelle ululation, un sauvage râle.
Le train des paysans prend une allure ovine.
Ils se blottissent dans les ténèbres spectrales :

Pour chaque oreille tendue, la vérité est trop bien connue.
Car ce son redoutable viens, de loups passant la lisière.
Les rustique s'approchent quand il n'y pensent pas.
Une armée de lupins envahit le bord de la rivière;

Le premier de la meute, un monstre bondissant puis-
    samment,
D'un pas intrépide, maintenant l'ordre martial sans faillir.
Les loups qui l'accompagnent, obéissent à ses gla-
    pissements,
Et se forment en colonne pour la mêlée à venir.

Ils ne font pas de mal à un jeune homme effrayé,
Mais se tiennent avec un but précis sur le sol gelé.
Les monstres courent tout droit dans la rue du village.
Une vigueur impie dans leurs pattes et leur rage.

À travers les persiennes à demi fermés,
Les paysans regardaient abrités,
Et s'émerveillent autant qu'ils sont effrayés.
Son but enfin perçu par la meute excitée,
Elle se fend d'une clameur sourde et extasiée.

Les paroissiens stupéfaits regardent le troupeau contre
    nature
S'attrouper autour d'une chaumière à la demande du
    chef de mêlée.
Rapidement, se répandit le fait effrayant, par la rumeur
    soufflée.
Le Cottage maudit est celui du bailli, les loups sont à ses
    murs.

Les démons hurlants tournent et tournent autour de leur
    cible.
Le chef féroce escalade le flanc de la vigne et le mur.
Le vent frénétique renouvelle ses hurlements horribles.
Et follement à travers les ifs sans vie, il murmure .

Dans la frêle maison, le bailli attend calmement sans
    remords
La horde dévastatrice, et fait confiance à l'impartialité
    du sort.
Mais la maigre épouse fait revivre, avec une mine
    curieuse,
Un autre monstre et une scène plus ancienne et autant
    malheureuse.

Au milieu du vent croissant qui secoue les murs décrépits
La femme lui rappelle l'acte du serpent et sa mort.
Puis, comme une pensée sans nom remplit leurs deux
    esprits.
Le chef aux crocs nus s'abat sur les stores.

À travers la pièce, avec une fureur meurtrière,
Le loup bondit et s'empare de la femme impuissante.
Avec une attention étrange, il traîne sa proie hurlante
Près de l'endroit où reposait autrefois la bière.

Plus sauvage encore, rugit la tempête croissante,
Qui balaie les collines et se précipite dans la vallée,
    entêtante.
Le cottage mal fait tremble, la meute dehors, orgiaque,
Danse avec une nouvelle fureur, dans une sarabande
    démoniaque.

Aussi vite que la pensée, le valeureux huissier se tient
    debout
Une arme à la main; le loup au-dessous.
La hache, prête à l'emploi qui servait l'année précédente,
Sert aussi bien à tuer une monstruosité suivante.

Et tout est justifié car tout est justifiable,
Si la justice agit parfois sans douceur,
Elle se reconnaît à sa justesse.

La créature tombe inerte, la tête fracassée
Sur le sol, et silencieuse comme un mort, terrassée.
Et la femme secourue se rappelle les terribles avanies
Et s'évanouit de terreur dans les bras de son mari.

Mais alors qu'il la tient dans ses bras, toute la chaumière
    tremble
Et la force de la tempête titanesque se rassemble.
Les murs s'écroulent, et sur leur formes incomplètes
Éclatent les folles réjouissances de la tempête des
    tempêtes.

Les loups qui les enserrent, avancent d'un pas effroyable
La faim et le meurtre dans chaque face impitoyable.
Mais comme ils se rapprochent, de la nuit hideuse
Jaillit un éclair de lumière inattendue, lueur chaleureuse.
La scène vivante apparaît à tous les yeux éperdus
Et les paysans frissonnent de peur entendue .

Au-dessus de l'épave, la cheminée dévastée reste,
Sa silhouette scintille dans les rayons capricieux et lestes.
Tandis que sur l'âtre est toujours suspendue la chapelle
    de la maison.
L'image du Sauveur et la Croix divine brillante de
    supérieure intention.

Autour de l'endroit béni brillait une lueur d'agneau,
Elle protège les fermiers de leurs ennemis furtifs,
Chaque créature monstrueuse marquée par un rai décisif
Tombe, s'efface, et disparaît dans un soubresaut.

Le train du village adore avec des yeux effarés.
Ils comptent leurs perles en revirements en cœur, en
    cœur.
Maintenant la lumière s'éteint et le souffle furieux meurt.
L'heure de l'effroi et le règne de l'horreur sont passés.

Blême et meurtri du haut de ses murs renversés,
Le bailli titube avec sa bonne mie.
Des mains bienveillantes les assistent. Tandis qu'en ville,
Un étrange et doux repos de l'esprit s'est installé.

L'étonnement et la peur sont apaisés, en un sommeil
    sage,
Alors que les rayons de la lune percent les nuages.

Ici, la grand-mère bavarde s'est arrêtée dans son
    discours,
Confondu par l'âge le récit est à moitié hors de portée.
 L'invité qui écoute impatient de retrouver le cours
Craint qu'il ne s'agisse pas d'un seul conte mais de deux
    mélangés.

Il voudrait savoir jusqu'où est allé le veuf seigneur.
Dont les manières sinistres offrent au thème initial sa
    teneur.
Et s'étonne que la vieille fille si rapide ait pu négliger
Son destin pour parler de la nuit où le loup fut tué.

La vieille femme, pressée, s'efforce d'obtenir une plus
    grande clarté,
Acquiesce sagement, et son esprit dispersé reprend vie;
Mais étrangement, elle s'attarde sur son dernier récit.
De loup, d'huissier, de miracle et de coup de vent
    sanctifié.

Quand (dit la vieille femme) l'aube baignant de sa
    radiance lueur,
La scène mouvementée , si tardivement enveloppée de
    terreur,
Les paroissiens qui cherchaient le lit en ruine du bailli,
Trouvèrent une nouvelle merveille dans cet endroit
    meurtri.

Des murs tombés, une traînée d'un rouge sanguin.
Comme celle d'un loup en détresse erratique se déroule
Sur la route et dans les méandres. Le nouveau manuscrit
    s'enroule,
Jusqu'à ce qu'il se perde au milieu des marécages voisins.

Les paysans stupéfaits brûlaient de cet imprévu.
Car ce que les sables mouvants prennent n'est jamais
    rendu.

Une fois de plus la grand-mère d'un œil confiant,
S'arrête dans son récit pour regarder un faucon s'envoler;
L'auditeur fatigué, cherche à nouveau, déconcerté
Une déclaration claire, ou un indice signifiant.

La vieille bique indulgente assiste au plaidoyer perplexe,
Et pourtant étrangement, elle murmure sur le mystère.
Le sieur ? Ah oui, ce matin-là, en vain ses serviteurs
    errent.
Ils sont tremblants, parcourent la plaine gelée par pur
    réflexe.

Personne ne l'avait vu depuis qu'il était parti à cheval
En silence, le sombre jour précédent l'esclandre fatal.
Son cheval, complètement fou d'effroi.
S'est éloigné des berges de la rivière cette cette nuit là.

Son chien de chasse qui s'est lamentée d'un malheur
    pitoyable
Hurlait près du Marais des sables mouvants exprimant
    un chagrin effroyable.
Les villageois ont beaucoup pensé mais ont moins parlé.
Les recherches des domestiques s'épuisant dans le vide
    des sentiers.

Car le Sieur de Blois, (l'histoire de la vieille femme est
    terminée)
A été perdu perdu de vue à jamais pour l'humanité.

PSYCHOPOMPOS

I am He who howls in the night;
    I am He who moans in the snow;
I am He who hath never seen light;
    I am He who mounts from below.

My car is the car of Death;
    My wings are the wings of dread;
My breath is the north wind's breath;
    My prey are the cold and the dead.

In old Auvergne, when schools were poor and few,
And peasants fancy'd what they scarcely knew,
When lords and gentry shunn'd their Monarch's throne
For solitary castles of their own,
There dwelt a man of rank, whose fortress stood
In the hush'd twilight of a hoary wood.
De Blois his name; his lineage high and vast,
A proud memorial of an honour'd past;
But curious swains would whisper now and then
That Sieur De Blois was not as other men.
In person dark and lean, with glossy hair,
And gleaming teeth that he would often bare,
With piercing eye, and stealthy roving glance,
And tongue that clipt the soft, sweet speech of France;
The Sieur was little lov'd and seldom seen,
So close he kept within his own demesne.
The castle servants, few, discreet, and old,
Full many a tale of strangeness might have told;
But bow'd with years, they rarely left the door
Wherein their sires and grandsires serv'd before.
Thus gossip rose, as gossip rises best,
When mystery imparts a keener zest;
Seclusion oft the poison tongue attracts,

And scandal prospers on a dearth of facts.
'Twas said, the Sieur had more than once been spy'd
Alone at midnight by the river's side,
With aspect so uncouth, and gaze so strange,
That rustics cross'd themselves to see the change;
Yet none, when press'd, could clearly say or know
Just what it was, or why they trembled so.
De Blois, as rumour whisper'd, fear'd to pray,
Nor us'd his chapel on the Sabbath day;
Howe'er this may have been, 'twas known at least
His household had no chaplain, monk, or priest.
But if the Master liv'd in dubious fame,
Twice fear'd and hated was his noble Dame;
As dark as he, in features wild and proud,
And with a weird supernal grace endow'd,
The haughty mistress scorn'd the rural train
Who sought to learn her source, but sought in vain.
Old women call'd her eyes too bright by half,
And nervous children shiver'd at her laugh;
Richard, the dwarf (whose word had little weight),
Vow'd she was like a serpent in her gait,
Whilst ancient Pierre (the aged often err)
Laid all her husband's mystery to her.
Still more absurd were those odd mutter'd things
That calumny to curious list'ners brings;
Those subtle slanders, told with downcast face,
And muffled voice—those tales no man may trace;
Tales that the faith of old wives can command,
Tho' always heard at sixth or seventh hand.
Thus village legend darkly would imply
That Dame De Blois possess'd an evil eye;
Or going further, furtively suggest
A lurking spark of sorcery in her breast;
Old Mère Allard (herself half witch) once said
The lady's glance work'd strangely on the dead.
So liv'd the pair, like many another two

That shun the crowd, and shrink from public view.
They scorn'd the doubts by ev'ry peasant shewn,
And ask'd but one thing—to be let alone!

'Twas Candlemas, the dreariest time of year,
With fall long gone, and spring too far to cheer,
When little Jean, the bailiff's son and heir,
Fell sick and threw the doctors in despair.
A child so stout and strong that few would think
An hour might carry him to death's dark brink,
Yet pale he lay, tho' hidden was the cause,
And Galens search'd in vain thro' Nature's laws.
But stricken sadness could not quite suppress
The roving thought, or wrinkled grandam's guess:
Tho' spoke by stealth, 'twas known to half a score
That Dame De Blois rode by the day before;
She had (they said) with glances weird and wild
Paus'd by the gate to view the prattling child,
Nor did they like the smile which seem'd to trace
New lines of evil on her proud, dark face.
These things they whisper'd, when the mother's cry
Told of the end—the gentle soul gone by;
In genuine grief the kindly watcher wept,
Whilst the lov'd babe with saints and angels slept.
The village priest his simple rites went thro',
And good Michel nail'd up the box of yew;
Around the corpse the holy candles burn'd,
The mourners sighed, the parents dumbly yearn'd.
Then one by one each sought his humble bed,
And left the lonely mother with her dead.
Late in the night it was, when o'er the vale
The storm-king swept with pandemoniac gale;
Deep pil'd the cruel snow, yet strange to tell,
The lightning sputter'd while the white flakes fell;
A hideous presence seem'd abroad to steal,

And terror sounded in the thunder's peal.
Within the house of grief the tapers glow'd
Whilst the poor mother bow'd beneath her load;
Her salty eyes too tired now to weep,
Too pain'd to see, too sad to close in sleep.
The clock struck three, above the tempest heard,
When something near the lifeless infant stirr'd;
Some slipp'ry thing, that flopp'd in awkward way,
And climb'd the table where the coffin lay;
With scaly convolutions strove to find
The cold, still clay that death had left behind.
The nodding mother hears—starts broad awake—
Empower'd to reason, yet too stunn'd to shake;
The pois'nous thing she sees, and nimbly foils
The ghoulish purpose of the quiv'ring coils:
With ready axe the serpent's head she cleaves,
And thrills with savage triumph whilst she grieves.
The injur'd reptile hissing glides from sight,
And hides its cloven carcass in the night.

The weeks slipp'd by, and gossip's tongue began
To call the Sieur De Blois an alter'd man;
With curious mien he oft would pace along
The village street, and eye the gaping throng.
Yet whilst he shew'd himself as ne'er before,
His wild-eyed lady was observ'd no more.
In course of time, 'twas scarce thought odd or ill
That he his ears with village lore should fill;
Nor was the town with special rumour rife
When he sought out the bailiff and his wife:
Their tale of sorrow, with its ghastly end,
Was told, indeed, by ev'ry wond'ring friend.
The Sieur heard all, and low'ring rode away,
Nor was he seen again for many a day.

*   *   *

When vernal sunshine shed its cheering glow,
And genial zephyrs blew away the snow,
To frighten'd swains a horror was reveal'd
In the damp herbage of a melting field.
There (half preserv'd by winter's frigid bed)
Lay the dark Dame De Blois, untimely dead;
By some assassin's stroke most foully slain,
Her shapely brow and temples cleft in twain.
Reluctant hands the dismal burden bore
To the stone arches of the husband's door,
Where silent serfs the ghastly thing receiv'd,
Trembling with fright, but less amaz'd than griev'd;
The Sieur his dame beheld with blazing eyes,
And shook with anger, more than with surprise.
(At least 'tis thus the stupid peasants told
Their wide-mouth'd wives when they the tale unroll'd.)
The village wonder'd why De Blois had kept
His spouse's loss unmention'd and unwept,
Nor were there lacking sland'rous tongues to claim
That the dark master was himself to blame.
But village talk could scarcely hope to solve
A crime so deep, and thus the months revolve:
The rural train repeat the gruesome tale,
And gape and marvel more than they bewail.

Swift flew the sun, and winter once again
With icy talons gripp'd the frigid plain.
December brought its store of Christmas cheer,
And grateful peasants hail'd the op'ning year;
But by the hearth as Candlemas drew nigh,
The whisp'ring ancients spoke of things gone by.
Few had forgot the dark demoniac lore
Of things that came the Candlemas before,
And many a crone intently eyed the house

Where dwelt the sadden'd bailiff and his spouse.
At last the day arriv'd, the sky o'erspread
With dark'ning messengers and clouds of lead;
Each neighb'ring grove Aeolian warnings sigh'd,
And thick'ning terrors broadcast seem'd to bide.
The good folk, tho' they knew not why, would run
Swift past the bailiff's door, the scene to shun;
Within the house the grieving couple wept,
And mourn'd the child who now forever slept.
On rush'd the dusk in doubly hideous form,
Borne on the pinions of the gath'ring storm;
Unusual murmurs fill'd the rainless wind,
And hast'ning travelers fear'd to glance behind.
Mad o'er the hills the demon tempest tore;
The rising river lash'd the troubled shore;
Black thro' the night the awful storm-god prowl'd,
And froze the list'ners' life-blood as he howl'd;
Gigantic trees like supple rushes sway'd,
Whilst for his home the trembling cotter pray'd.
Now falls a sudden lull amidst the gale;
With less'ning force the circling currents wail;
Far down the stream that laves the neighb'ring mead
Burst a new ululation, wildly key'd;
The peasant train a frantic mien assume,
And huddle closer in the spectral gloom:
To each strain'd ear the truth too well is known,
For that dread sound can come from wolves alone!
The rustics close attend, when ere they think,
A lupine army swarms the river's brink;
From out the waters leap a howling train
That rend the air, and scatter o'er the plain:
With flaming orbs the frothing creatures fly,
And chant with hellish voice their hungry cry.
First of the pack a mighty monster leaps
With fearless tread, and martial order keeps;
Th' attendant wolves his yelping tones obey,

And form in columns for the coming fray:
No frighten'd swain they harm, but silent bound
With a fix'd purpose o'er the frozen ground.
Straight course the monsters thro' the village street,
Unholy vigour in their flying feet;
Thro' half-shut blinds the shelter'd peasants peer,
And wax in wonder as they lose in fear.
Th' excited pack at last their goal perceive,
And the vex'd air with deaf'ning clamour cleave;
The churls, astonish'd, watch th' unnatural herd
Flock round a cottage at the leader's word:
Quick spreads the fearsome fact, by rumour blown,
That the doom'd cottage is the bailiff's own!
Round and around the howling daemons glide,
Whilst the fierce leader scales the vine-clad side;
The frantic wind its horrid wail renews,
And mutters madly thro' the lifeless yews.
In the frail house the bailiff calmly waits
The rav'ning horde, and trusts th' impartial Fates,
But the wan wife revives with curious mien
Another monster and an older scene;
Amidst th' increasing wind that rocks the walls,
The dame to him the serpent's deed recalls:
Then as a nameless thought fills both their minds,
The bare-fang'd leader crashes thro' the blinds.
Across the room, with murd'rous fury rife,
Leaps the mad wolf, and seizes on the wife;
With strange intent he drags his shrieking prey
Close to the spot where once the coffin lay.
Wilder and wilder roars the mounting gale
That sweeps the hills and hurtles thro' the vale;
The ill-made cottage shakes, the pack without
Dance with new fury in demoniac rout.
Quick as his thought, the valiant bailiff stands
Above the wolf, a weapon in his hands;
The ready axe that serv'd a year before,

Now serves as well to slay one monster more.
The creature drops inert, with shatter'd head,
Full on the floor, and silent as the dead;
The rescu'd wife recalls the dire alarms,
And faints from terror in her husband's arms.
But as he holds her, all the cottage quakes,
And with full force the titan tempest breaks:
Down crash the walls, and o'er their shrinking forms
Burst the mad revels of the storm of storms.
Th' encircling wolves advance with ghastly pace,
Hunger and murder in each gleaming face,
But as they close, from out the hideous night
Flashes a bolt of unexpected light:
The vivid scene to ev'ry eye appears,
And peasants shiver with returning fears.
Above the wreck the scatheless chimney stays,
Its outline glimm'ring in the fitful rays,
Whilst o'er the hearth still hangs the household shrine,
The Saviour's image and the Cross divine!
Round the blest spot a lambent radiance glows,
And shields the cotters from their stealthy foes:
Each monstrous creature marks the wondrous glare,
Drops, fades, and vanishes in empty air!
The village train with startled eyes adore,
And count their beads in rev'rence o'er and o'er.
Now fades the light, and dies the raging blast,
The hour of dread and reign of horror past.
Pallid and bruis'd, from out his toppled walls
The panting bailiff with his good wife crawls:
Kind hands attend them, whilst o'er all the town
A strange sweet peace of spirit settles down.
Wonder and fear are still'd in soothing sleep,
As thro' the breaking clouds the moon rays peep.

*　　　*　　　*

Here paus'd the prattling grandam in her speech,
Confus'd with age, the tale half out of reach;
The list'ning guest, impatient for a clue,
Fears 'tis not one tale, but a blend of two;
He fain would know how far'd the widow'd lord
Whose eerie ways th' initial theme afford,
And marvels that the crone so quick should slight
His fate, to babble of the wolf-wrack'd night.
The old wife, press'd, for greater clearness strives,
Nods wisely, and her scatter'd wits revives;
Yet strangely lingers on her latter tale
Of wolf and bailiff, miracle and gale.
When (quoth the crone) the dawn's bright radiance bath'd
Th' eventful scene, so late in terror swath'd,
The chatt'ring churls that sought the ruin'd cot
Found a new marvel in the gruesome spot.
From fallen walls a trail of gory red,
As of the stricken wolf, erratic led;
O'er road and mead the new-dript crimson wound,
Till lost amidst the neighb'ring swampy ground:
With wonder unappeas'd the peasants burn'd,
For what the quicksand takes is ne'er return'd.

Once more the grandam, with a knowing eye,
Stops in her tale, to watch a hawk soar by;
The weary list'ner, baffled, seeks anew
For some plain statement, or enlight'ning clue.
Th' indulgent crone attends the puzzled plea,
Yet strangely mutters o'er the mystery.
The Sieur? Ah, yes—that morning all in vain
His shaking servants scour'd the frozen plain;
No man had seen him since he rode away
In silence on the dark preceding day.
His horse, wild-eyed with some unusual fright,
Came wand'ring from the river-bank that night.

His hunting-hound, that mourn'd with piteous woe,
Howl'd by the quicksand swamp, his grief to shew.
The village folk thought much, but utter'd less;
The servants' search wore out in emptiness:
For Sieur De Blois (the old wife's tale is o'er)
Was lost to mortal sight for evermore.

<u>A PROPOS DE L'AUTEUR</u>

Howard Phillips Lovecraft (1890—1937), l'un des pères de la littérature fantastique et d'épouvante du XXe siècle, est l'auteur d'une soixantaine de nouvelles, d'un roman et de poèmes. Il imagina une cosmogonie fabuleuse de dieux, de créatures et de lieux étranges regroupés sous l'expression Mythe de Cthulhu, dont le Necronomicon, livre imaginaire et maudit, est l'ouvrage de référence. Son imaginaire unique et terrifiant n'a cessé d'inspirer des générations d'écrivains, de cinéastes, d'artistes ou de créateurs d'univers de jeux. Rongé par un cancer de l'intestin, il est hospitalisé et meurt le 15 mars 1937 à l'âge de quarante-sept ans. Après sa mort, son ami Derleth s'attache à faire connaître son œuvre à travers la maison d'édition Arkham House. Méconnu de son vivant, il trouve une gloire posthume comme un des grands auteurs de la littérature d'horreur et de mystère.

A PROPOS DU TRADUCTEUR

Benoît Vézinaud

Je suis né dans les Ardennes en 1978,
j'habite Nancy depuis 2012 où j'ai travaillé
comme webmestre.

J'ai comme projet d'écrire le plus possible
D'histoires car c'est dans le domaine de
la création que je peux m'épanouir.

Il n'y a pas un thème qui les relie,
si ce n'est la rencontre du fantastique
et de monsieur ou madame tout le monde.

J'écris régulièrement depuis 2013, je viens
D'achever un roman sur le fanatisme
après deux tentatives de deux autres romans
non terminés mais que je ne désespère pas d'achever.

La poésie est une des sources de mon travail,
si je la pratique c'est dans l'espoir de garder
un esprit assez souple et pouvoir toujours
écrire des histoires intéressantes.

Mes principales sources d'inspiration sont
la complexité du monde, la complexité
de l'esprit, la complexité de l'humain,
sans oublier l'absurde et la dérision.

FUNGI DE YUGGOTH

36 POÈMES SURRÉALISTES D'HORREURS COSMIQUES

Dans le célèbre cycle de poèmes de H.P. Lovecraft, un occultiste vole un tome ancien contenant des connaissances interdites, mais lorsqu'il commence à lire le livre, celui-ci l'entraîne dans un voyage cauchemardesque à travers l'espace, le temps et des réalités alternatives. Chaque poème sombre révèle une nouvelle vision onirique horrifiante, remplie du mélange d'horreur cosmique et d'aliénation propre à Lovecraft, magnifiquement traduit en sonnets rimés français par Benoît Vézinaud.

L'ouvrage comprend également *Le Tome Noir d'Alsophocus*, une ouvelle dans laquelle Lovecraft tente de traduire en prose son cycle de poèmes étranges. Tâche qui sera achevée par Martin Warnes dans le courant des années 1980 et donnera aux fungis de yuggoth une teneur lyrique et cosmique et l'envergure d'un drame sidéral jusqu'à échapper peut-être à une malédiction des plus ultimes et des plus décisive.